十五夜物語

夢枕獏

寺田克也

目次

九夜　哀しみは風のドラゴン。

十夜　古代文字は秘められた物語を語った。

十一夜　磨崖仏現はれて鳥天より落つ。

十二夜　我を救ふものは呪はれよ、我を踏むものに幸あれ。

十三夜　倒れる時旅人は仰向けになる。

十四夜　ああ、旅人よ、光より早く歩んではいけない。

十五夜　神々は舞ひながら破壊し、唄ひながら創造する。

ベネズエラの夜　寺田克也

ギアナ高地物語　夢枕　獏

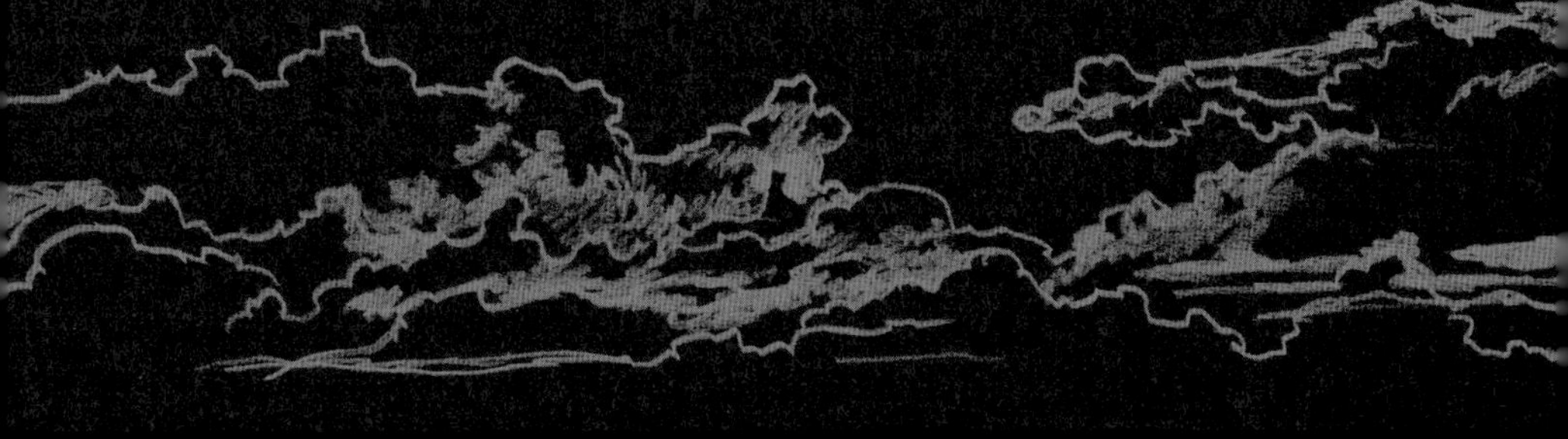

一夜　天と地の間の宝物。

夢見小僧に
幻食坊。
遠く眺むる地平線。
流るる雲は行方を知らず。
想ひは白き鳥のやう。

想ひは白き鳥のやう。

「あの　天の境と地の境に
あるといふ宝物（ほうもつ）を、
おれは　とりにゆきたいのだ、
幻食坊よ」

「ああ、あはれなり、夢見小僧よ。
おまへは、そこに
たどりつけぬであらう」

幻食坊は、はらはらと
涙を流した。

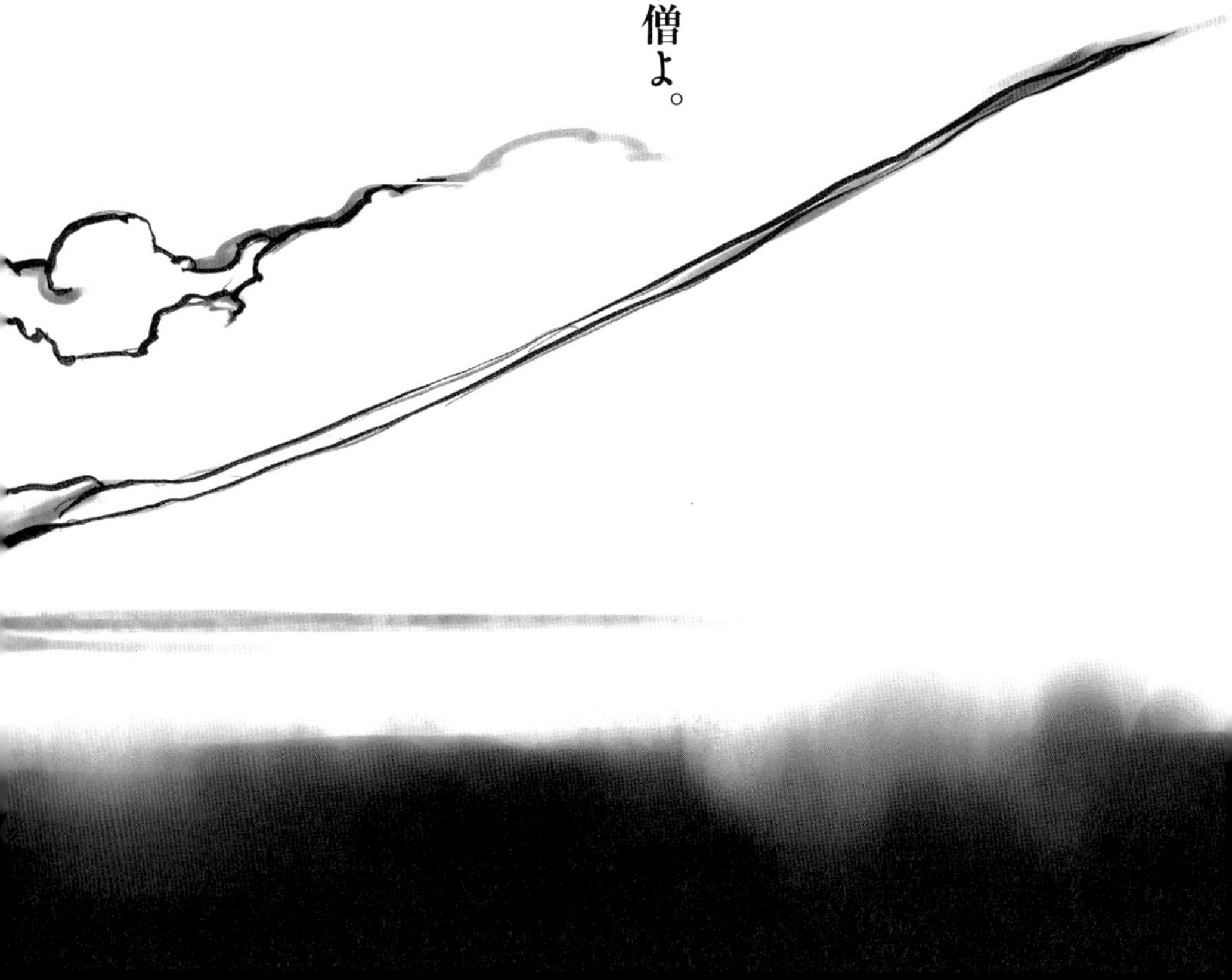

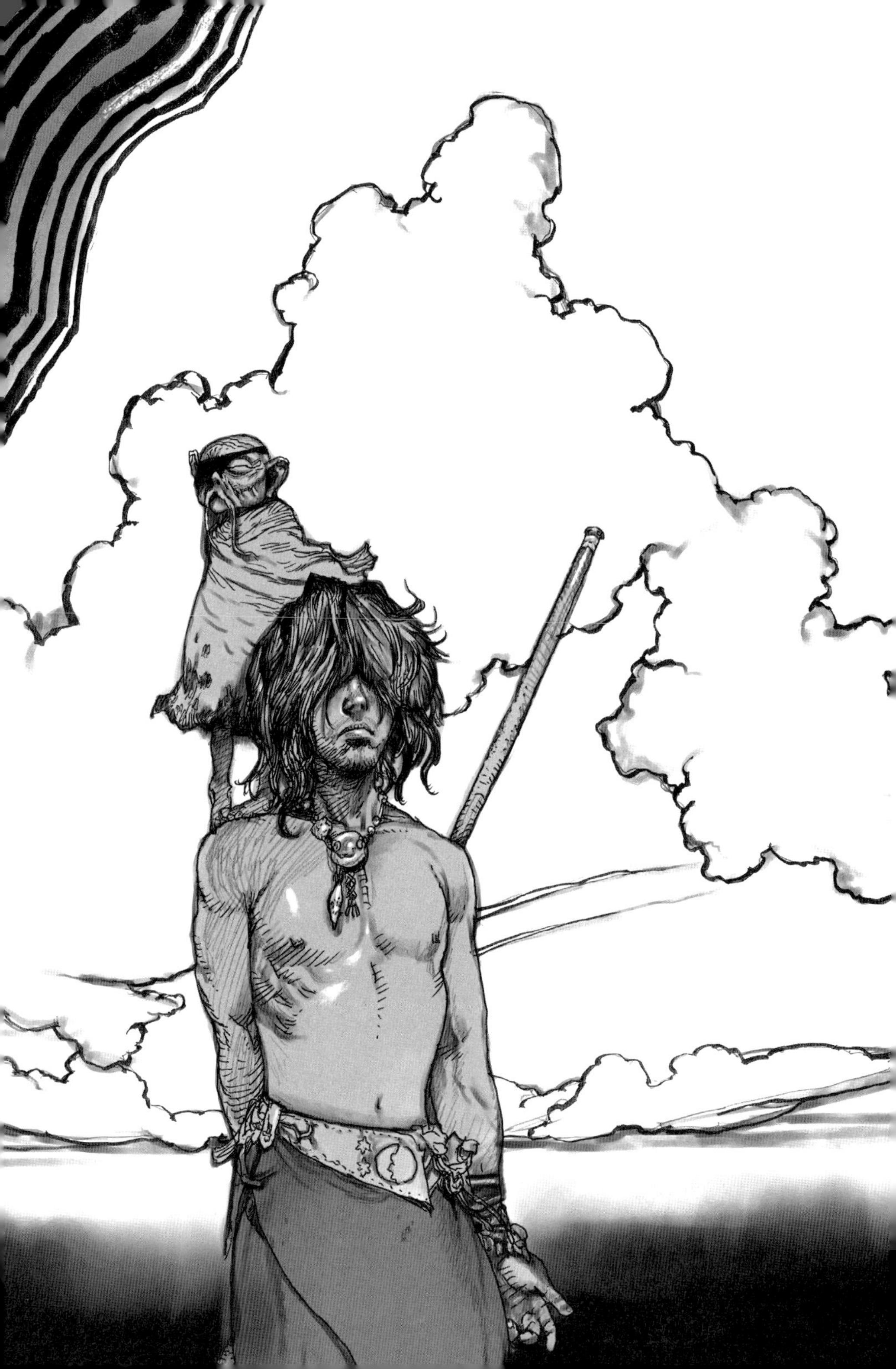

「無理と言うたは
いかなる故じゃ」
「どこまでぬしが行ったとて、
おまへの足が踏む土は、
常にこの場所
この土。
あちらの土は永遠に
踏めぬがぬしの運めなり」

「ならばおれは永遠に、
歩き続ける旅人じゃ。
歩き続けて、歩き続けて、
ゆくまでじゃ」

からから笑って幻食坊、
「人の生命（いのち）に限りあり。
人は無限に倦（う）むものぞ」

からから、
からから、
からからから。

生命に限りあればこそ、
ゆかねばならぬが人である。
吐く息は、青い風。
眼（まなこ）は燃える獅子のやう。

想ひは白き鳥のやう。

青い風
りんりん。

二夜　渡るは夢と黒夜神。

黒い風
ぞん
ぞん。

谷の妖母（えうぼ）が
笑うたぞ。

山の烏怪が哭いとるぞ。

真実(ほんたう)のことがわかってしまったら
おまへはちぎれてしまふに
違ひない。

さういふ時
おまへは
阿修羅のやうになって
闘はねばならない。

さういふ時
おまへは
泣きながらだって
許さねばならない。

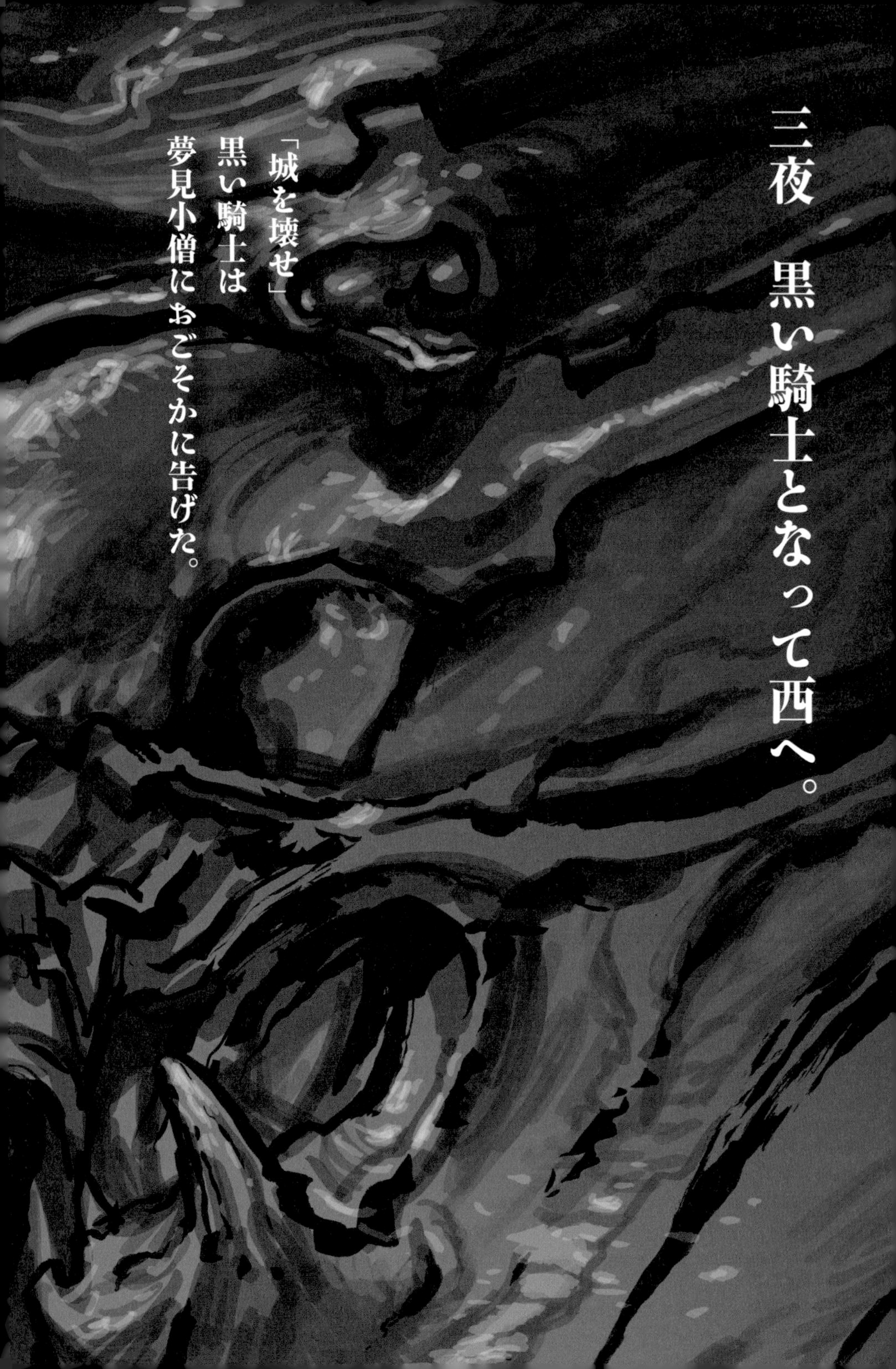

三夜　黒い騎士となって西へ。

「城を壊せ」
黒い騎士は
夢見小僧におごそかに告げた。

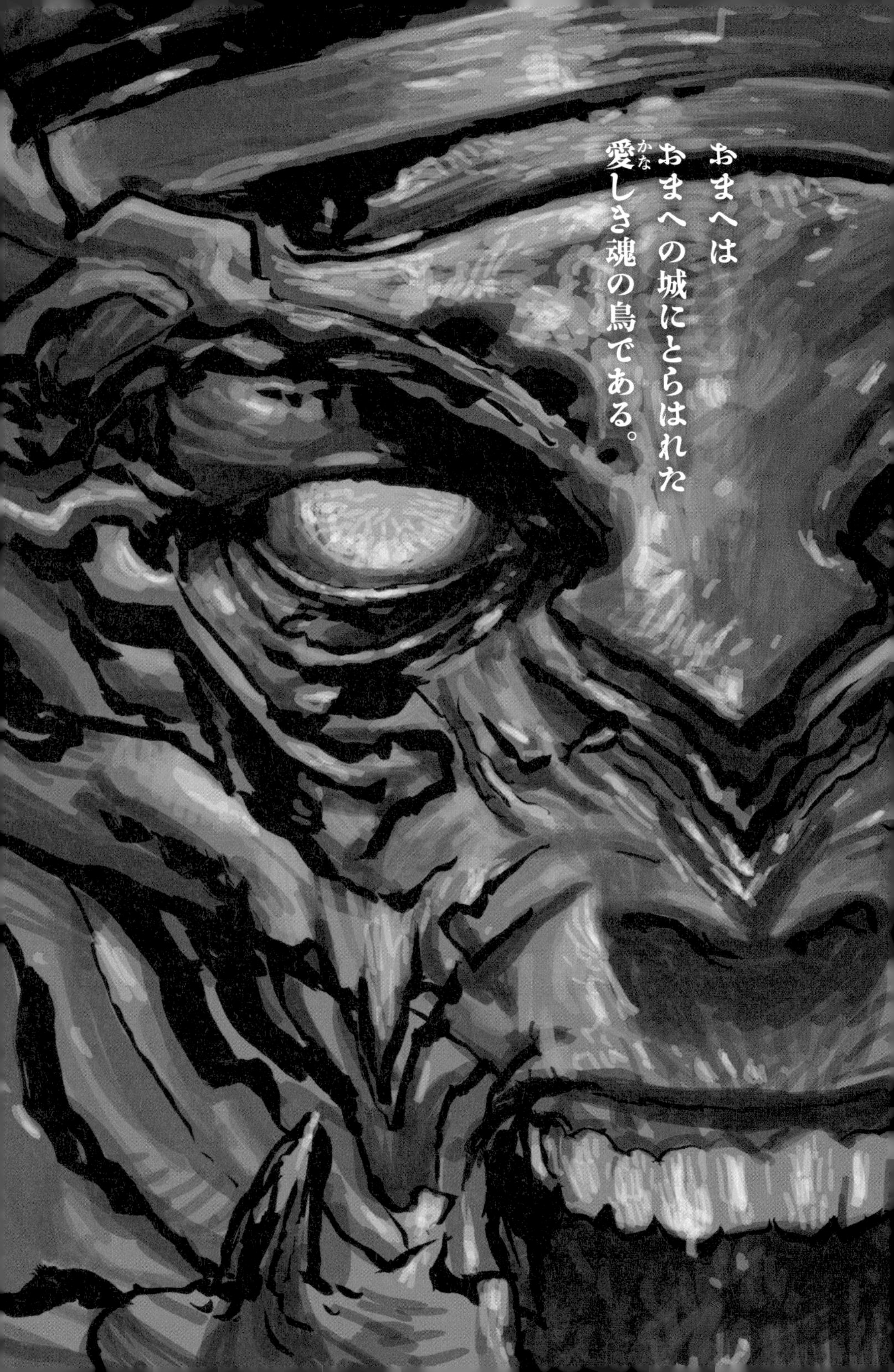
おまへは
おまへの城にとらはれた
愛しき魂の鳥である。

破壊せよ！

おまえの心やすらぐ
あらゆるものを!!

疾（はし）れ。
哀しみが
おまへの心に襲いかかる時のやうに。
疾れ。
疾れ。

心の数をかぞへてはならぬ。
想ふ前に疾ることだ。
さうすれば
おまへは想ひそのものとなって
想ひすら越えて
そこへたどりつくことだらう。
それを壊す時に
考へてはいけない。
思考は　時に鋭利な刃物のやうに
宇宙の深淵に生ずる
果実の正体を明らかにすることもあるが

多くの場合
人をそこに足踏みさせることしか
もたらさぬものだ。
なれば
疾れ。
剣を振りあげよ。
迷わず打ちおろせ。
裏切る時は
親だって裏切らねばならぬ。
殺す時には
それが
どれほど愛しいお方でも
後ろからだって
斬りつけねばならぬ。
斬りつけねばならぬのだ。

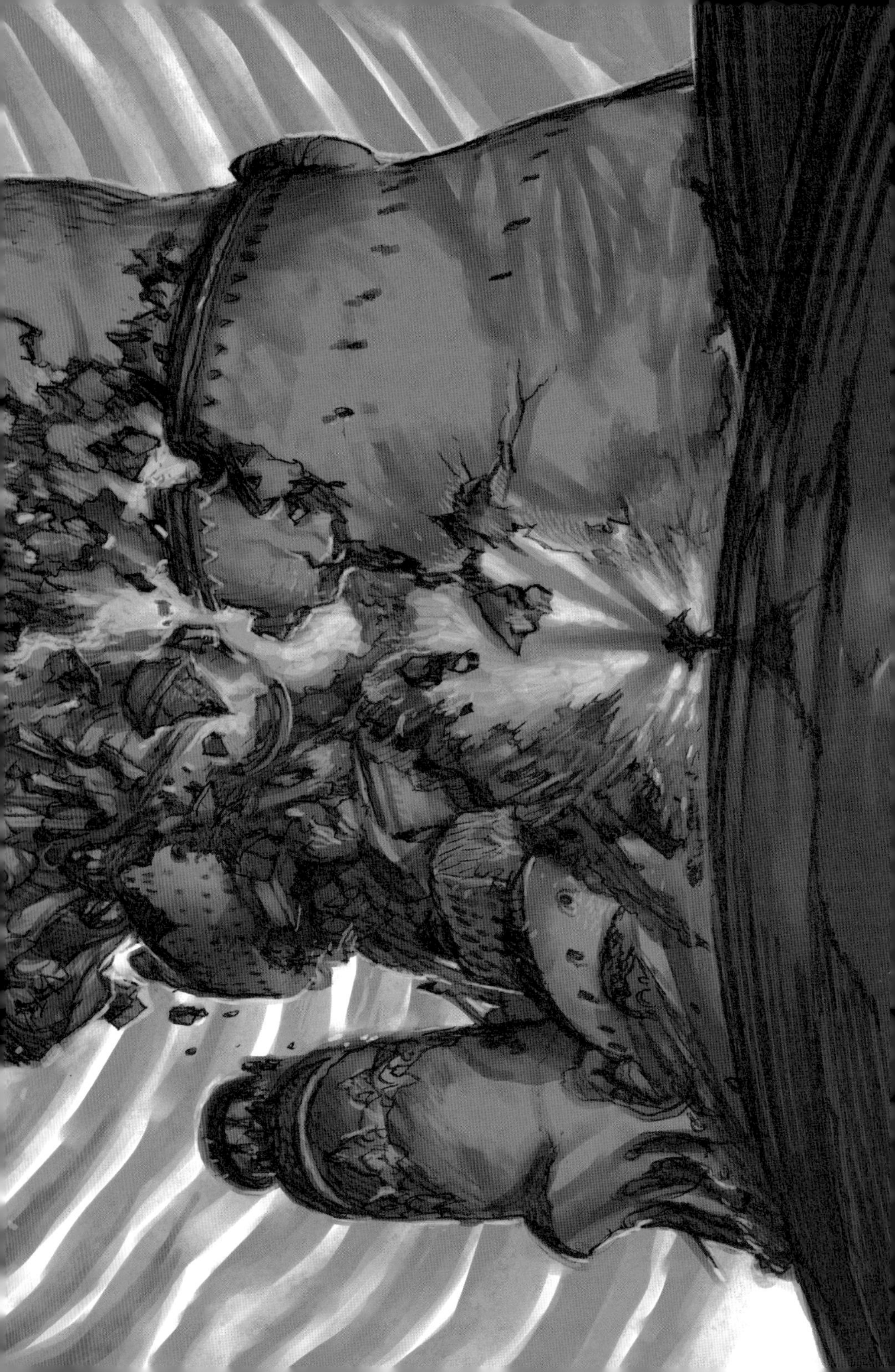

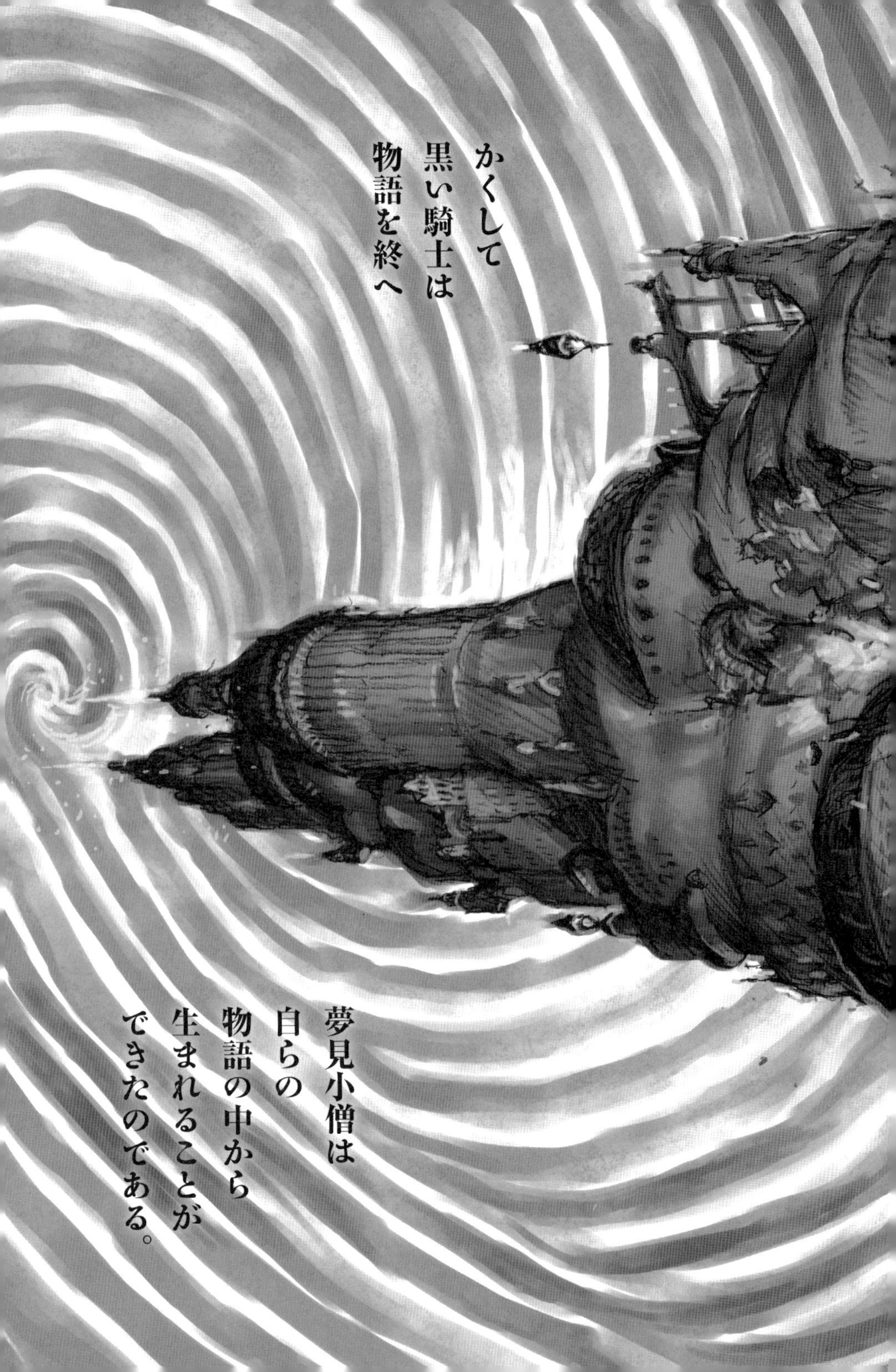
かくして
黒い騎士は
物語を終へ
夢見小僧は
自らの
物語の中から
生まれることが
できたのである。

四夜　河の王は語る。

ゆるり
ゆるり
と青い鱗をくねらせながら、
河の王は
夢見小僧の夢の中に、
深みより
泳ぎのぼってきたのであった。

「夢見小僧よ、よく聴くがよい」
と、河の王バラクーニョは、
おごそかに言った。
「河は、豊穣なる大地である」

釣り鉤(ばり)とは何であるか。
釣り鉤こそが真実の刃(やいば)を持つてゐる。
余は千年の愚考の末(すゑ)に、
これを知つたのである。
鉤は、何者をも騙(だま)さない。
騙すのは、鉤ではなく甘き餌(えさ)である。
その、悪魔の舌先をも貫く、
鋭い切先を隠すのは餌である。

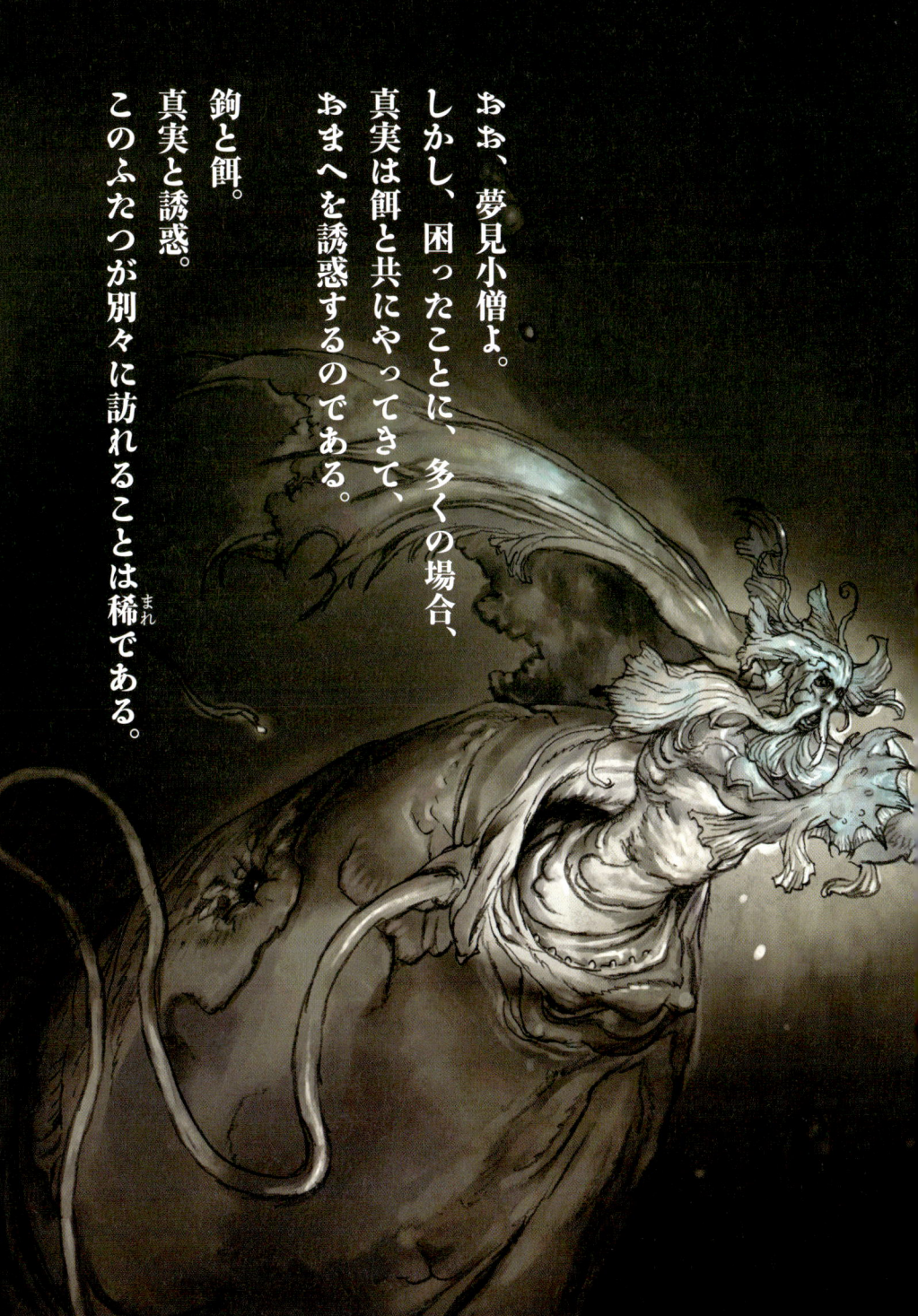

おお、夢見小僧よ。
しかし、困ったことに、多くの場合、
真実は餌と共にやってきて、
おまへを誘惑するのである。

鉤と餌。
真実と誘惑。
このふたつが別々に訪れることは稀（まれ）である。

心に釣り糸を垂れよ。
心の深みに鉤を下ろせ。
そこには魔物（まもの）も棲むだらう。
そこには真実（まこと）も棲むだらう。
おまへは、これらを畏（おそ）れよ。
時に、真実は魔物に擬態（ぎたい）し、
魔物は、真実に擬態するからである。

しかし、そこには、
おまへの求める黄金の魚も棲んでゐる。
その魚の欲しがるものは、
愛ではない。
憎悪でもない。

愛と憎悪は兄弟であり、
このふたつは、愚（おろ）かで、
しかし、聖なるあやまちを
人にもたらすものだからである。
「黄金の魚が食するのは、
それは、おまへの……」
河の王は、それを告げようとした。

ここで、夢は終り、
夢見小僧は、ほのぐらき夢より目覚め、
心の深みに垂らされた鉤を逃がれて、
この世にもどってきたのである。

五夜　ざんざかざんの歌。

ざんざかざんざん
ざんざかざん。

心騒ぐぞ
ざんざかざん。
風が騒ぐぞ
ざんざかざん。

いっとはなしに
日は暮れて
いっとはなしに
皺も増え。
ざんざかざんざん
ざんざかざん。

だから騒ぐぞ
ざんざかざん。

だからゆくのだ
ざんざかざん。

ざんざかざんと
恋をして
ざんざかざんと
いっちゃって

ざんざかざんざん
ざんざかざん。

心に森のあるごとく
心に鳥の飛ぶごとく
ざんざかざんざんざん
ざんざかざん。
ざんざかざん。
もう忘れたか
これでよいのか
ざんざかざん。

楽になんて
なってやるものか。
ざんざか　ざんざん
ざんざかざん。
これでよいのだ
ざんざかざん。
ざんざかざんざん
ざんざかざんざん。

昔たたいた太鼓の響き
打て打て太鼓
弓の絃をば掻き鳴らせ。
吹け吹けラッパ
雲からのびた
光のパイプオルガンを弾け。

ああ
吹き鳴らせ。
掻き鳴らせ。
ざんざかざんと
天よ鳴れ。
ざんざかざんと
雲よ響け。
ざんざかざんざん
ざんざかざん。
ざんざかざんざん
ざんざかざん。

六夜　山上の天に棲む獣あり。

ある夜、幻食坊は、焚火の傍に夢見小僧を呼んで次のやうに語った。

「夢見小僧よ、よく聴くがよい。

ここより東へ遙かに行った所に、クルプリといふ聖なる山がある。

千山の王にして、千の神々が住まひたもう山である。

夢見小僧よ、おまへが地の果てを目指す旅人であるやうに、その山は、地上から天を目指す旅人なのである。

このおれは、遠い昔に、その山を、遙か彼方に一度だけ望んだことがある。

何故、クルプリが、聖なる山にして、千山の王であるのか。

それは、クルプリが、頂があって、頂がない山だからである。

山の上の全ての場所が、等しく頂であるからである。

山の大きさと、山の頂が等しい。

山の頂が、神の御心(みこころ)のごとくに平らかなのである。

その頂の上の白い雲と青い天を褥(しとね)として、一頭の獣が棲んでゐるといふ。

その獣の心臓を食らふことができれば、天と地の間(はざま)にあるといふ、おまへの探してゐる宝物を手に入れることができると言われてゐる」

「ならば、おれは、その山へゆかう」

「しかし、夢見小僧よ、その山の頂へたどりつくまでには、多くの苦難が待ち受けてゐるであらう」

「苦難をこそ、おれは望むものだ。苦難こそが、幻食坊よ、人を望む場所へ連れてゆくのである。苦難こそが、旅人の乗る船なのである」

「夢見小僧よ、その聖なる山は、刻（とき）が降りつもってできた山である。幾つもの刻の層で重ねられたものが、クルプリなのである。失はれし世界が重なって、重なって、高みへゆかうとする山が、このクルプリなのである。おまへの指の太さまで刻が重ねられるまでが、およそ一万年。それが、おまへの背の高さまで重ねられるまでに、およそ一八〇万年。重ねられたその層の間に、刻と世界が閉じ込められてゐるのである」

「おれは、その山へゆかう」

　かうして、夢見小僧は、その聖なる山まで出かけていったのである。

奇岩（きがん）、
妖岩（ようがん）、
累々（るいるい）と聳（そび）え、
あるものは亡き神の墓標の如く、
あるものは哀しみのたたずむが如く、
あるものは、滅びたる夢の如く、
霧の中にうなだれて、
たたずんでゐるのである。

「夢見小僧よ眠るなよ。
おれは、幻を喰(くら)ふものじゃ。
夢見小僧よ、眠れば、このおれでも
喰(くら)ひきれぬ幻が立ち現はれて、
おまへは自身の内部へ
ひきずりこまれてしまふぞ……」

ひと晩中
風が
鳴り騒いでゐたな。
夢が
ざわめき続けてゐたな。

ざわざわざわざわ
ざわざわざわざわ
ざわざわざわざわ
ざわざわざわざわ

岩に重ねられた刻の透き間から
龍がたちあらはれて歩いた。
失はれた時代には
人が棲んだこともあったな。
弓と槍とで
人は龍と闘ったりもしてゐたな。

夢見小僧は、自身の深みの中に
ひきずりこまれてゐた。

「我を千年の眠りから目覚めさせたのはたれじゃ」

「おれだ、夢見小僧だ」

「夢見小僧とな。そは何者じゃ」

「おれは立ち止まらぬ旅人じゃ」

「では、立ち止まらぬ旅人よ、何しにここまでやってきた」

「獣よ、そなたの心臓を啖（くら）ふためである」

呵、
呵、
呵、
と獣は笑って、

「それでは、おまへは、あの哀しみの神々のひとりであるところの迷へる……

（以下欠如）

七夜　森の精霊は微笑みながら静かに舞ふ。
うふ
うふふ。

うふふふ
うふふふふ。

うふふ　うふふふふ　うふふふふ　ふふふ　うふ　うふふ　うふふふ　うふふふふふふふふふふ
うふふふふ　うふ　うふふふふ　うふふふふふふふふふ　うふふ　ほほほほほほほほほほほほほ
ほほほほ　うふうほ　うほほほ　ほほほほほほ　うふふふふ　うほほほほほほほほほほほほほほ
うふふふふふふふ　ふふふふふふふふふふふふふふうふふふふふほほほほほほほほほほほほほほ
ほふ　ほほふふふ　うふふほほほふふふふふふふふ　うふふふうふふふふふふふふふふふふふふ
うふ　くすうふ　くすくす　うふふふふふふふふ　くすくすくすくすうふふふふふふふふふふふ
うふふふふふふふふふ　うふふふふふふふふふふふ　おほほほほほほほほほふふふふふふふふふ
うふふふふふふふふふふふ　ほほほほほほほほほほほほほほほほほほほほほほほほほほほほほほ
ふふふふふふほほほほうふふふふうふふうふふふ……ほほほほほほほほほほ
うふふ　うふふ　うふふ　うふふ　うふふ　うふふ　うふふ　うふふ　うふふふふふふふふ
うほほ　うふふ　うほほほ　うふふ　うほほほほ……ふふ……
ほほほ……ほほほほ……うふふふふふふふふふふ……うふふふふふふふふふ
うふふ　うふふふふ　うふふふふ　ふふふ　うふ　うふふ　うふふふ　うふふふふふふふふふふ

うふふふふ　うふ　うふふふふ　うふふふふふふふふふ　うふふ　ほほほほほほほほほほほほ
うふふ　うふふふふ　うふふふふふふふふふ　ほほほほほほほほほほほほほほほほほほほほほ
うふふ　うふふふふふ　ふふ　ほほほほほほほ　うふふふふふふふふふふふふふふふふふ
ふふ　うふ　うふ　うふ　うふ　ふふふふふふ……ほほほほほ……
うふふふふ　うふふふふふふふふ　うふふふふふふふふふふふふほほほほほほほほほほほほほ
ほほ
うふふふ
ほほうふほふほふほふほふほふうほうふふふふふふふふふふほほほほほほほほうふふふふふふふふ
ふふふふふふふほほほほほ……ふふふふふふふふふふふ……くす……
も　へも　へもへも　へも　へもへもへもへもへも……へもら……
うふふふふふ……ほほほほほほほほふ……ふふふふふふふふふふふふ
うふふ　うふふ　うふふ　うふふ　うふふ　うふふ　うふふ　うふふ　うふふ　うふふ　うふ
むふふふ　むふふ　むふふふ　むほほほほほほほ　うふ　うふ　うふ　うふふ　うふふ　うふ

しづや
しづ
そなたの夢
かなへませう。

そよや
そよ
そなたの恋
かなへませう。

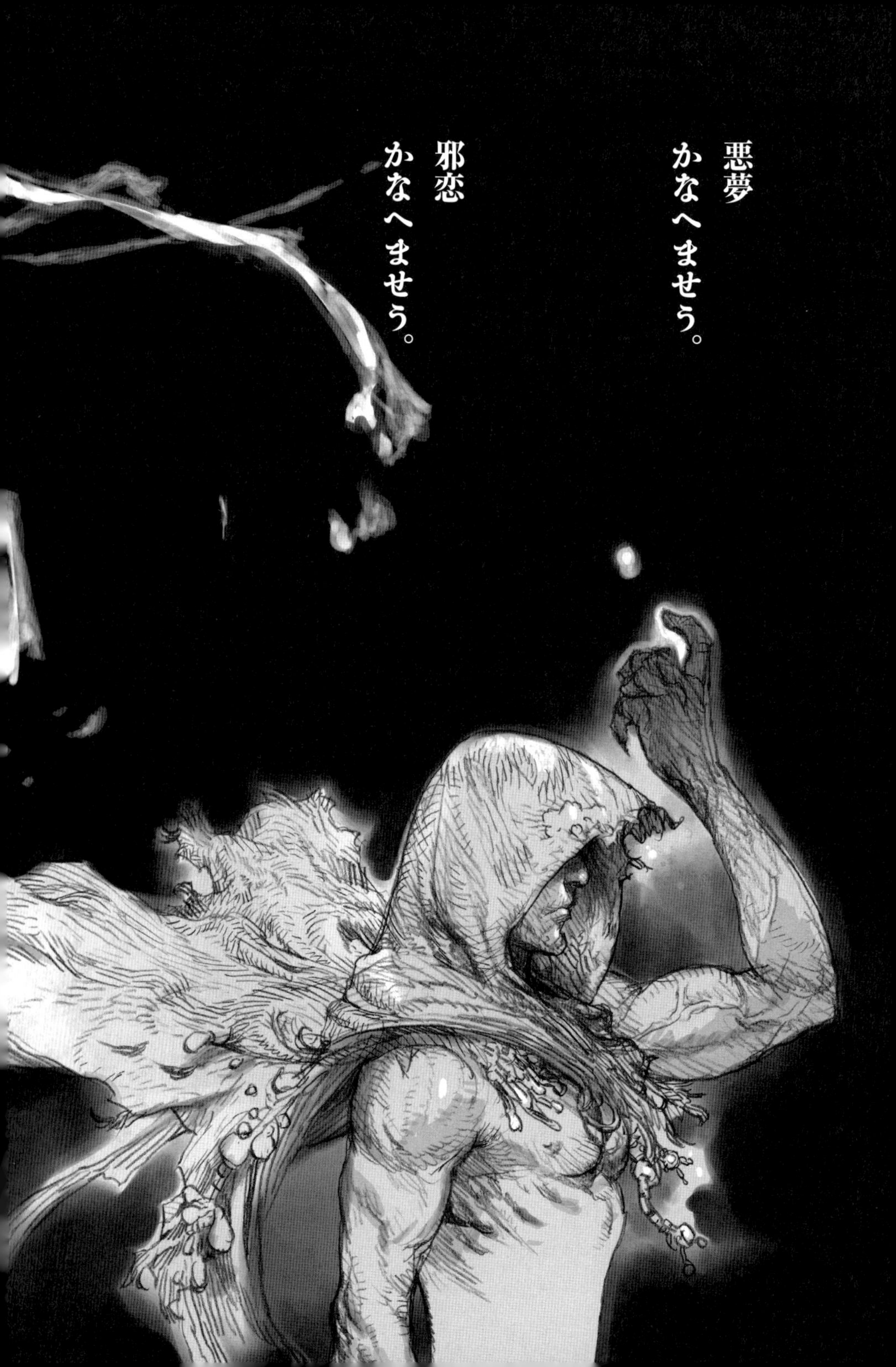
悪夢かなへませう。
邪恋かなへませう。

狂ふまで
踊りませう。

八夜　水晶宮の女王は翼ある豹となって
哀しみの歌を唄った。

「夢見小僧よ
旅する風よ
ぬしに我が水晶宮の宝をしんぜよう。
これは飢ゑずの宝玉(ほうぎょく)じゃ。

ぬしの腹は満たされ
ぬしの心は充たされ
そなたは永遠に飢ゑることはない」

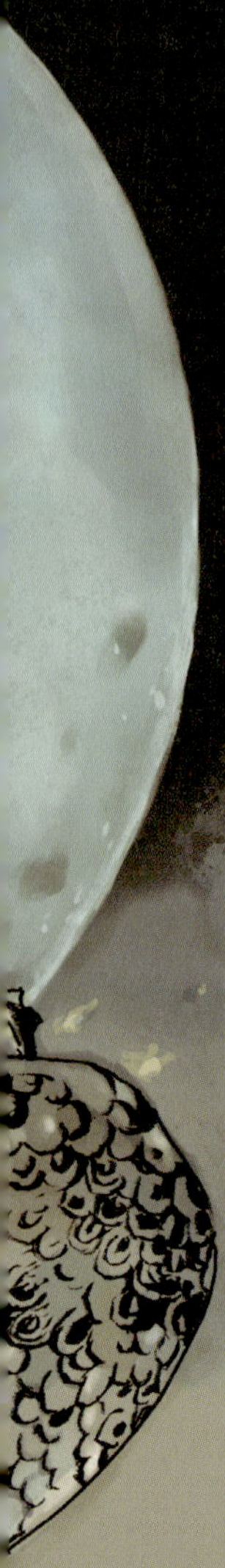

ひと夜　ふた夜の甘き夢。
五夜　七夜のとおろとろ。
とろり溶けたる夢見小僧。
ても柔らかき乳房かな。
ても香はしき吐息かな。

「何がお好みだね。
淫らな女かね。
昼はしとやか
夜はけもの。
どうしやうもない
あばずれがお好みかい」

「いいえ
いいえ。
私の好みは
ただあなた。
あなたと堕ちたい
罪の道」

夢見小僧は
とおろとろ。

ああ　しかし
けれども　しかし
ああ　しかし。

心は騒ぐ　旅の空。
天を駈けるは白い鳥。
獅子は荒野が恋しいと
花の褥で牙を噛む。

花の褥に眠るより
恋の美酒（うまざけ）乾（ほ）すよりも、
旅に果てたし
夢見小僧。
飢ゑぬ獣は
人で無し。

飢ゑずの宝玉打ち割りて、
月夜の晩のしのび足。
歩み出でたる星の空。
（ても柔らかき乳房かな）
（ても香はしき吐息かな）
道に屍をさらさうと
よしや幽鬼とならうとも
旅に果つるが
望みなり。

九夜　哀しみは風のドラゴン。

雨

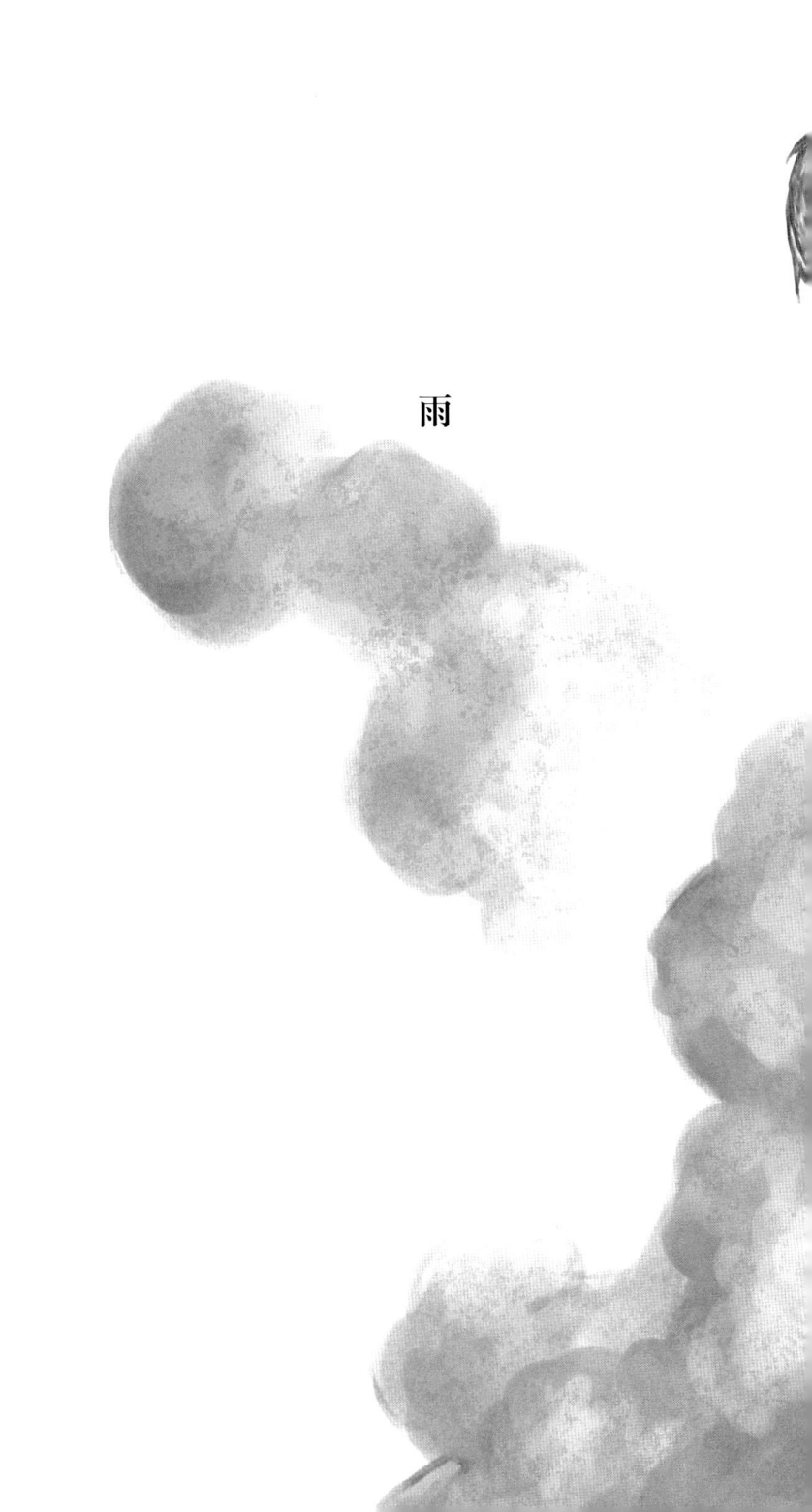

　雨　　雨　　雨雨雨雨雨雨雨雨雨雨雨　　　　　　　雨雨雨雨　　　　雨
雨雨　　雨　　　雨　　雨雨雨雨雨雨雨雨　　　　雨雨雨雨雨雨　　　雨　　　　　雨
雨雨雪　雪　　雨　　雨雨雨雨雨雨雨雨雨雨雨雨雨雨
雨雨雨雨雨雨雨雨　　　　　雨雨雨雨雨雨雨雨雨雨　　　雨　雨雨　　雨
雨雨雨雨雨　　　　　雨雨雨雨雨雨雨雨雨雨雨雨雨雨雨雨雨雨雨　　　　　雨
雨雨雨雨雨雨雨雨雨雨雨雨雨雨雨雨雨雨雨雨雨雨雨雨雨雨雨雨雨雨雨雨雨雨雨雨雨雨雨
雨雨
雨雨雨雪雨雨雨雨雨雨雨雨雨雨雪雨雨雨雨雨雨雨雨雨雪雨雨雨雨雨雨雨雨雨雨雨雨雨雨雨雨雨
雨雨雨雨雨雨雨雨雨雨雪雨雨雨雨雨雨雨雨雨雨雨雪雪雨雨雨雨雨雨雨雨雨雨雨雨雨雨雨雨雨雨
雨雨雨雨雪雨雨雨雨雨雨雨雨雨雨雨雨雨雨雨雪雪雨雪雨雨雨雨雨雨雨雨雨雨雨雨雨雨雨雨雨雨
雨雪雨雨雨雨雨雨雨雨雪雪雨雨雨雪雨雨雨雨雨雨雨雪雪雨雨雨雨雨雨雨雨雨雨雨雨雨雨雨雨雨
雪雪雪雨雪雪雨雨雨雨雨雪雪雪雨雨雨雨雨雨雨雨雨雪雨雨雨雨雨雨雪雪雨雨雨雨雨雨雨雨雨雨
雨雨雨雨雨雨雨雨雨雨雪雨雪雪雪雨雨雨雨雨雨雨雪雪雨雨雪雪雨雪雪雨雨雨雨雪雪雪雪雪雪雪

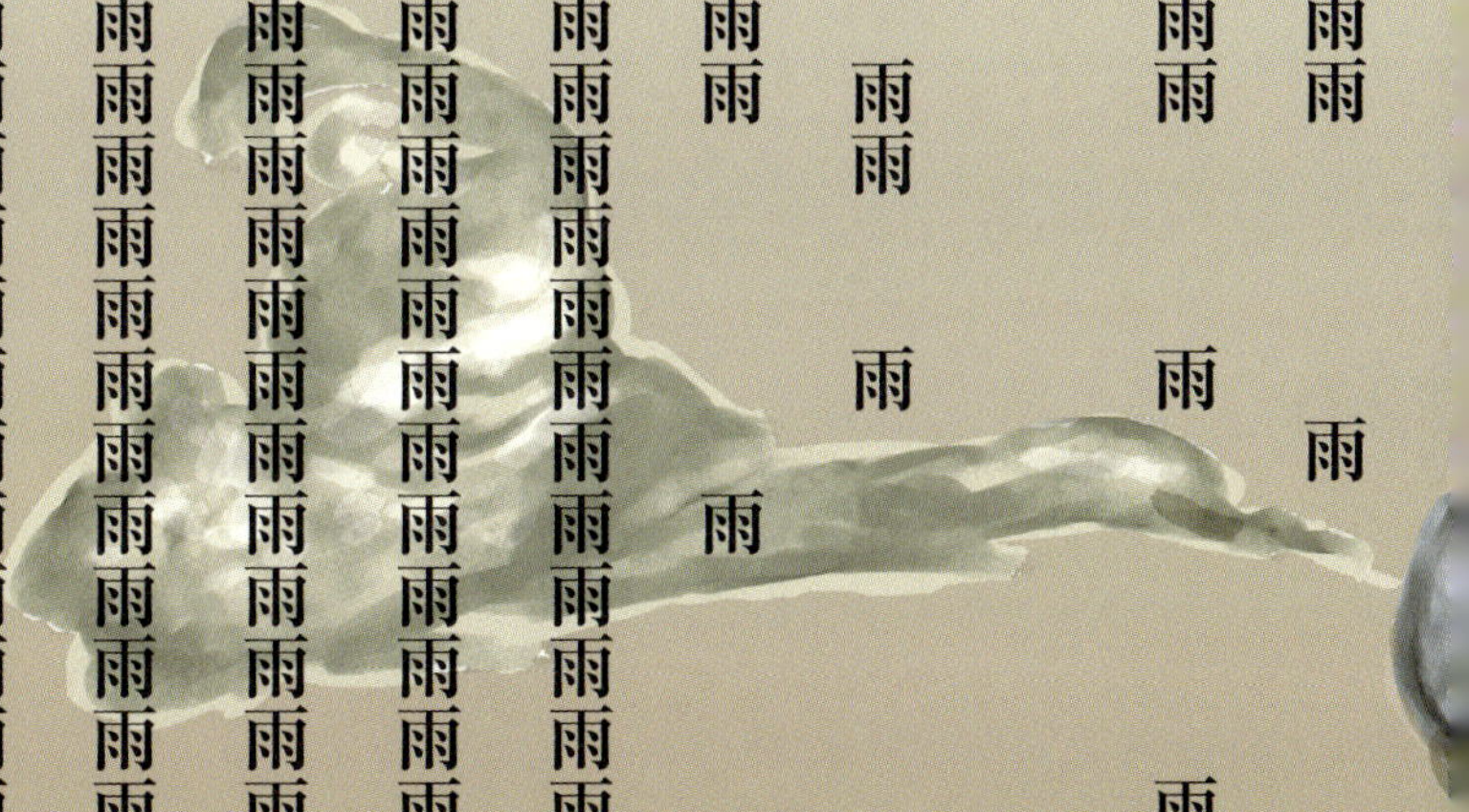

十夜　古代文字は秘められた物語を語った。

かへる
ぴょこ。

日の出
ぬう。

日の入り
のっ。
神
ろろろろろろろおん。

死
ぞぞぞぞぞぞぞぞぞ。
愛
のろん。
憎
がももも。
怨
もぶぶぶぶぶ。

狂
くるるるるるるるる。
魔
ごっ
しいいいいいいいいいん。
嗤
かかかかか
かかかかかかかかか
かかかかかかかかかかかかか。

夢見小僧よ
知るがよい。
どのやうな文字であれ
その一文字ずつが神話なのである。
どの一文字にも
神の物語が隠されてゐるのである。
その文字を歌ふことが
その神を解き放つ。
その文字を語ることが
その神を招喚することなのである。

悪しき神と
良き神とは
ひとつのものの裏と表である。
心は神のやうにとりとめなく
神は心の如くに嘘をつく。
夢見小僧よ　知るがよい。
嘘の中にも真実の神が宿るのはもちろんだが
本当のことの中にも真実の神は宿るのだといふことを。

その言葉の扉を開けよ。
その奥には
まだ赤子（あかご）の
生まれる前のおまへが眠ってゐる。
おまへは
おまへの旅を
その赤子に語らねばならぬ。
人はこの物語（たび）のいや果てに
豊穣なる
老いという輩（ともがら）と出会ふことを。

老いをおそれることはない。
老いは
そなたの僕(しもべ)にして
時にそなたそのものである。

老いは
忌(い)むべきものではなく
熟(う)れた果実の
芳香(はうか)であると知りなさい。

十一夜　磨崖仏現はれて鳥天より落つ。

その岩の中から、
獣の姿をした仏は、
おごそかに歩み出てきたのである。
そして、言った。

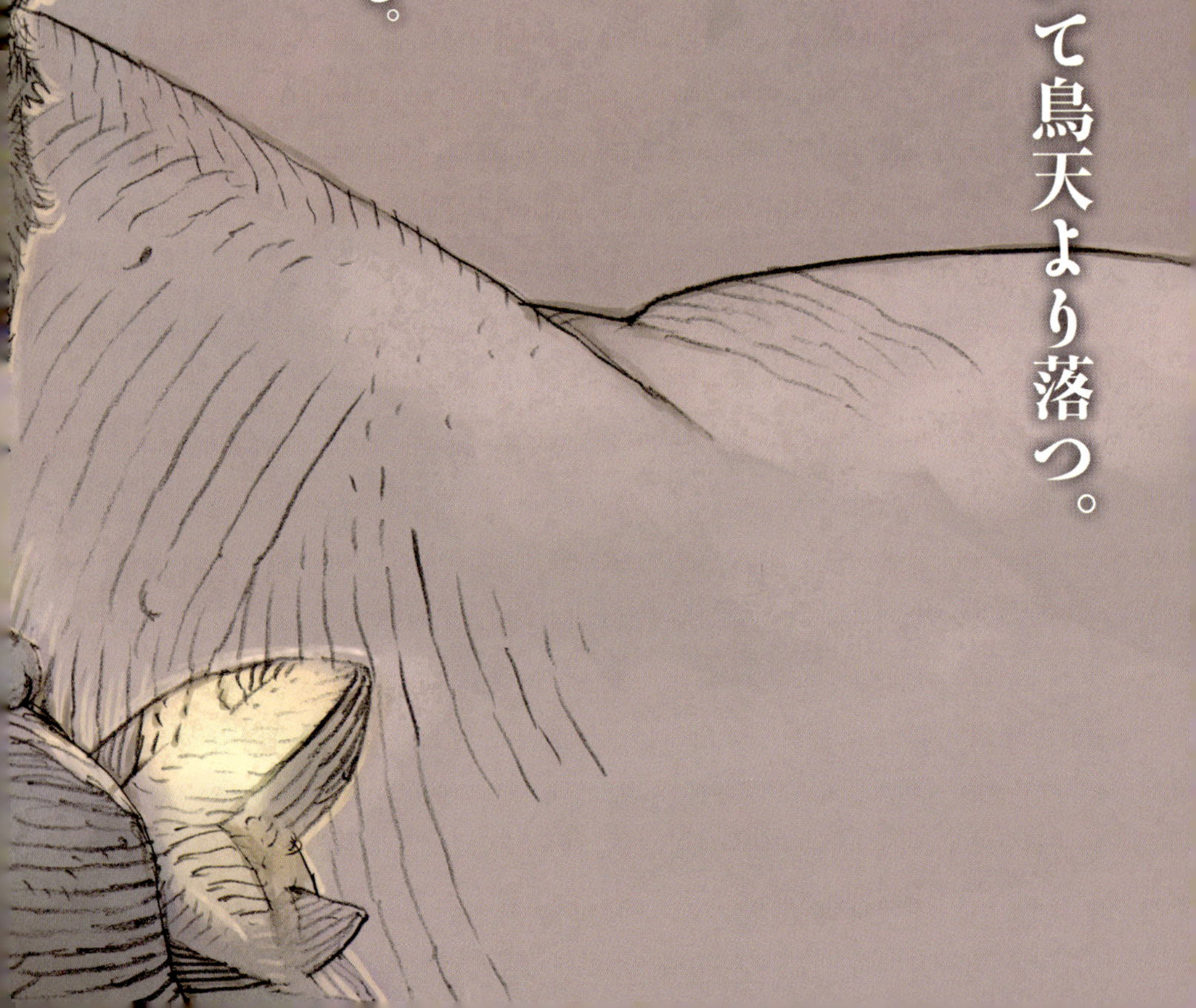

「古(いにしへ)の話をしよう」

これは、古代の王の物語である。

古代の王が、ある時——
混沌（こんとん）といふものを捕へた。
「わたしは、まだ書かれる前の物語です」
と、混沌は言った。
「わたしは、始まりであり、終りであり、
そして、その間にあるものの全てです。
わたしは、まだ名づけられてゐないものです」
不思議なことに、混沌には、眼も、
鼻も、口も、耳もなかった。

「では、余がそなたに名をつけてやらう」
さう言って、王は、混沌に眼を描き、
鼻を描き、口を描き、耳を描き、
そして、名をつけた。
すると、混沌は死んでしまった。

夢見小僧よ、これが古代の王の物語である。
夢見小僧よ、この物語から、
教訓を得ようとしてはならない。

夢見小僧よ
人は、全てのものに、
名前をつけたがる。
名のない全てのものに、
名をつけてゆく行為
これが、人の、哀しき旅なのである。
これが、人の運命なのである。

夢見小僧よ、
価値とは、
夢の重さである。
その人が倒れた時、
どのやうな旅の、
どのやうな夢の途上で倒れたのか、
それこそがその人の価値なのである。
折れたる翼は、
もう、はばたくことはない。
しかし、どの人もまた
旅の途上で倒れるのである。

夢見小僧よ、
智恵は旅人の杖である。
哀しみは旅人の寝床（しとね）である。
屈辱（くつじょく）は旅人の食物（かて）である。
賢い旅人は沈黙するものだ。

夢見小僧よ、
おまへが疲れた時、
倒れて楽にならうなどと、
そんな卑(いや)しいことを、
考えてはいけない。
ああ――
雲を摑(つか)んで立ちあがれ。
きりきりと歩け。
草原は光輝き、
草の上にはあまい風が吹き渡る。
その風の中に、
己(おの)れの足で立て。

十二夜

我を救ふものは呪はれよ、
我を踏むものに幸あれ。

天の
大空から
この世の始めのけものが
おまへを啖ひにくる。
おまへを試すために。

夢見小僧よ
孤独であることを
おそれてはならない。
何故なら
そなたが孤独であるといふことは
そなたが自身の王であることの
あかしであるからである。

賢くありたければ
愚かものになりなさい。
愚かものになりたければ
人が望まぬものを望むものになりなさい。
人が望まぬもの
たとへば
この世になきものを。
たとへば
手に入ることのなきものを。

たとへばそれは
虚空の龍。
天地の創造の始めに生まれし
いや疾きものの片ら。
混沌の龍。

愛するひとを裏切らねばならない。
安心して背を向けてゐる
その人の肩へ、
後ろから斧を打ちこみなさい。
さういふことでしか
ゆけない場所があるのである。
さういふことでしか
たどりつけない高みがあるのである。

たとへ
哭きながらだって、
その人の背へ
斧を打ちこまねばならない時が
あるのである。

見てはならない
それを。
手に入れてはならない
それを。

届く寸前で
指先が触れようとするその時
あなたの手からそれが逃げていったら
それをこそ喜びなさい。

おまへが旅を志したものなら
それをこそ糧（かて）として
次の高みを目ざさねばならないのである。

虚空の龍よ。
混沌の龍よ。

十三夜　倒れる時旅人は仰向けになる。

ついに倒れた
夢見小僧。
見あげる空に
青い月。

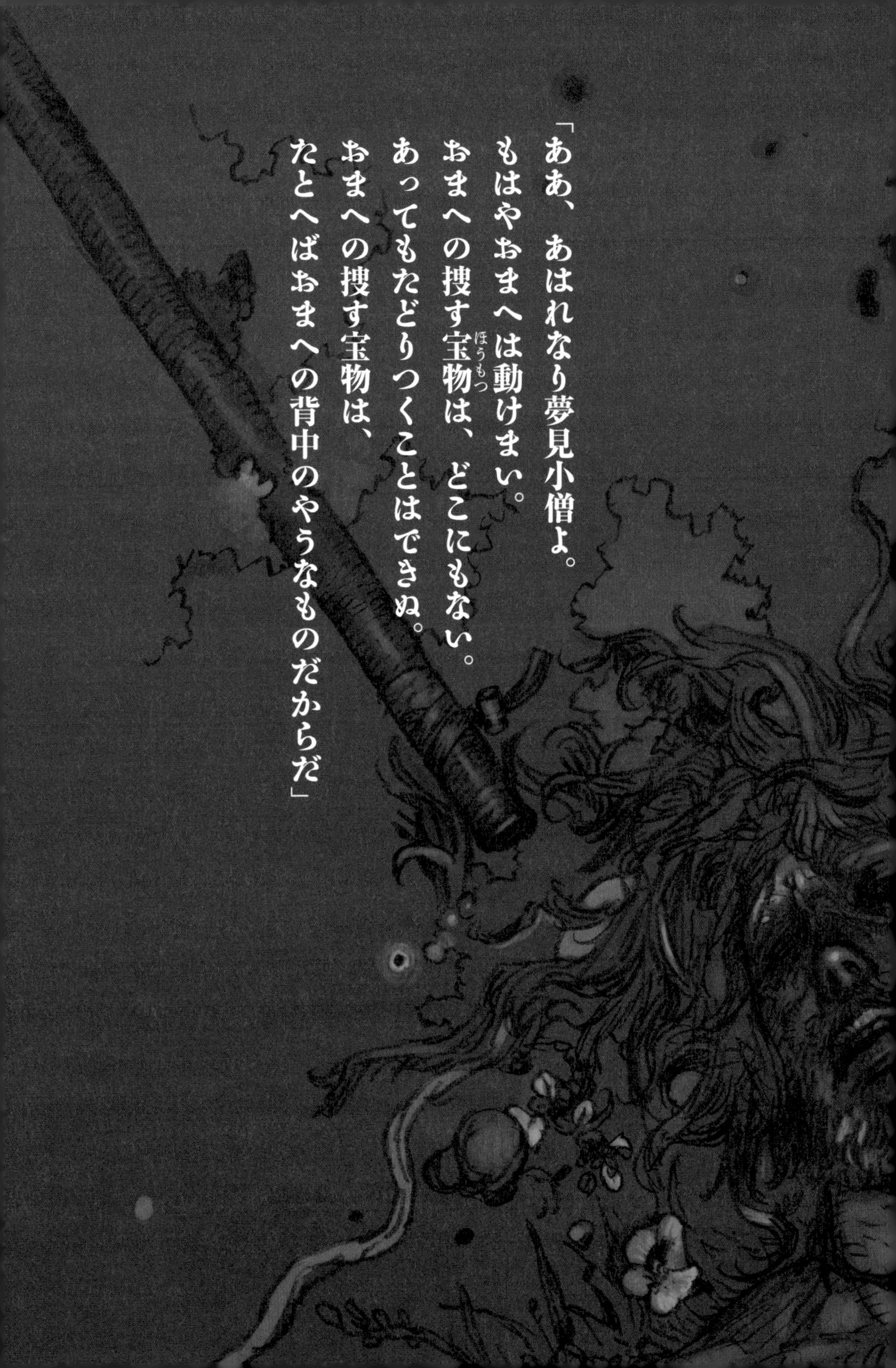

「ああ、あはれなり夢見小僧よ。
もはやおまへは動けまい。
おまへの捜す宝物（ほうもつ）は、どこにもない。
あってもたどりつくことはできぬ。
おまへの捜す宝物は、
たとへばおまへの背中のやうなものだからだ」

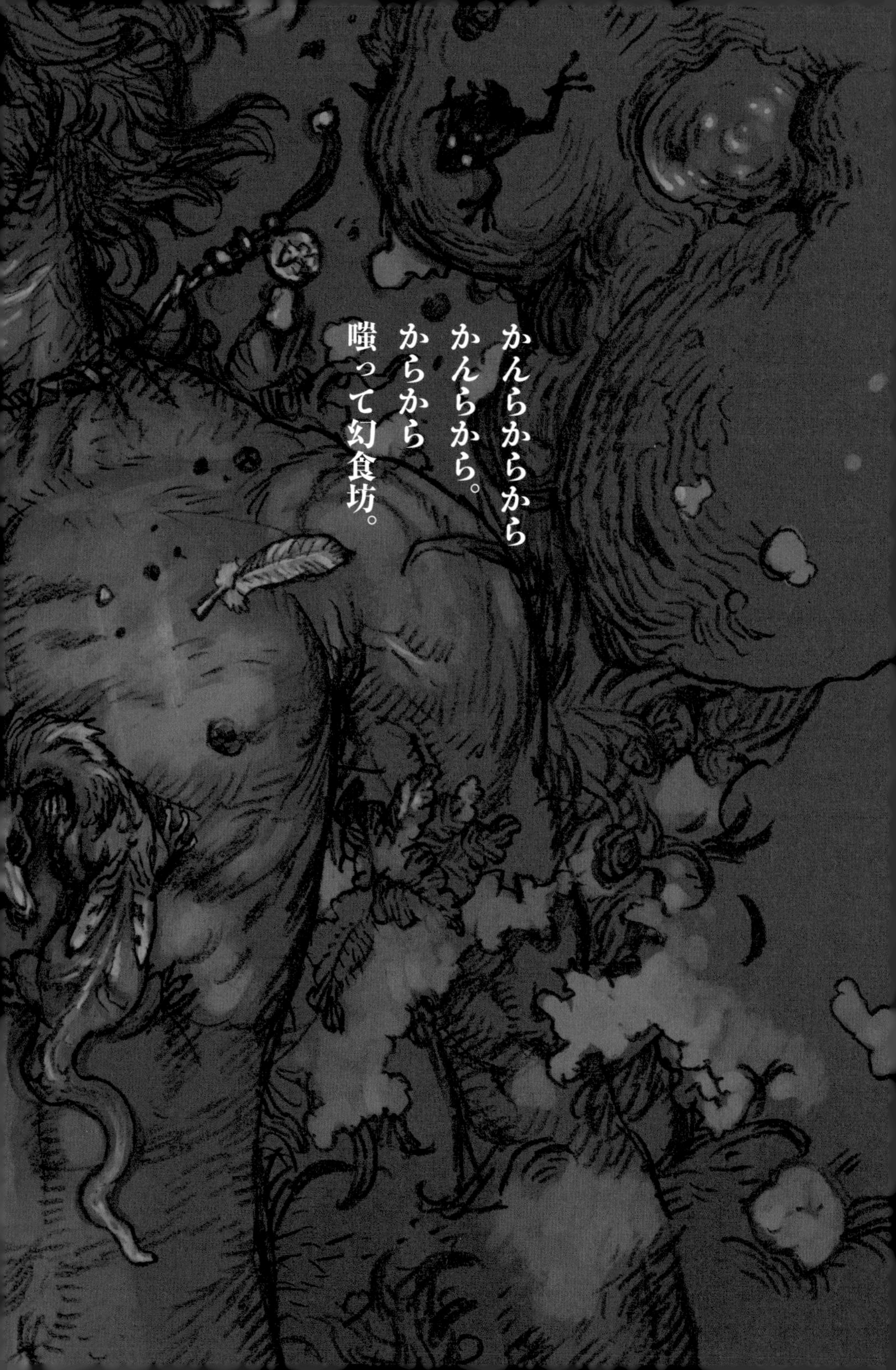
かんらからから
かんらから。
からから
嗤って幻食坊。

嗤ひながら
泣いてゐた。
涙ぽろぽろ
幻食坊。
ぽろぽろ涙で
かんらから。
ぼろぼろ涙で
かんらから。

倒れた旅人の見る夢は
心の中の白い鳥。
ただ一輪の紅い花。
流れてやまぬ川のいろ。
山の頂嶺（いただき）
青い空。
なほ吹き止まぬ風のいろ。

女の乳房。
草の褥（しとね）。
恋のあをいろ。
哀しきいろ。
最後の呼吸の止まるとき
その唇につぶやくは
たれが名ぞ。

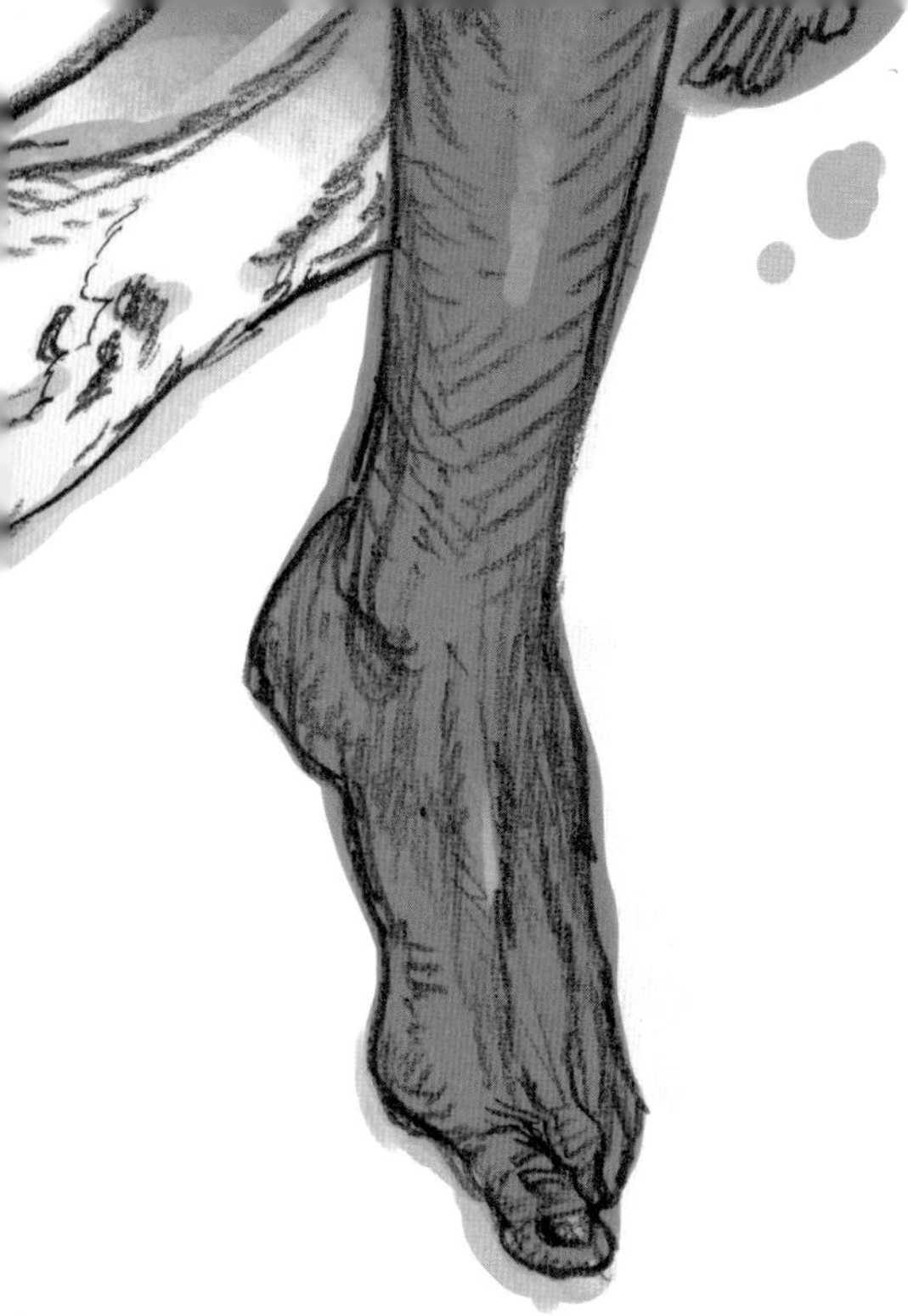

起きあがるためには
倒れねばならぬ。
倒れるためには
歩かねばならぬ。
歩くためには
夢を見なければならぬ。

ああ
倒れし者に幸ひあれ。
何故なら倒れし者は
夢見た者だからである。
夢見た者だけが倒れることができ
倒れた者だけが
甘美なる起きあがるといふ聖なる行為を
くりかへすことができるからなのである。

十四夜

ああ、旅人よ、光より早く
歩んではいけない。

荒野の風は
ひゅうひゅるる。
心は
古びた銀の椅子。
眸(め)は
あをあを。
恋は
こい。

荒野に倒れたるは
夢見小僧。
その傍（かたはら）に幻食坊
涙ぽろぽろ立ってゐる。

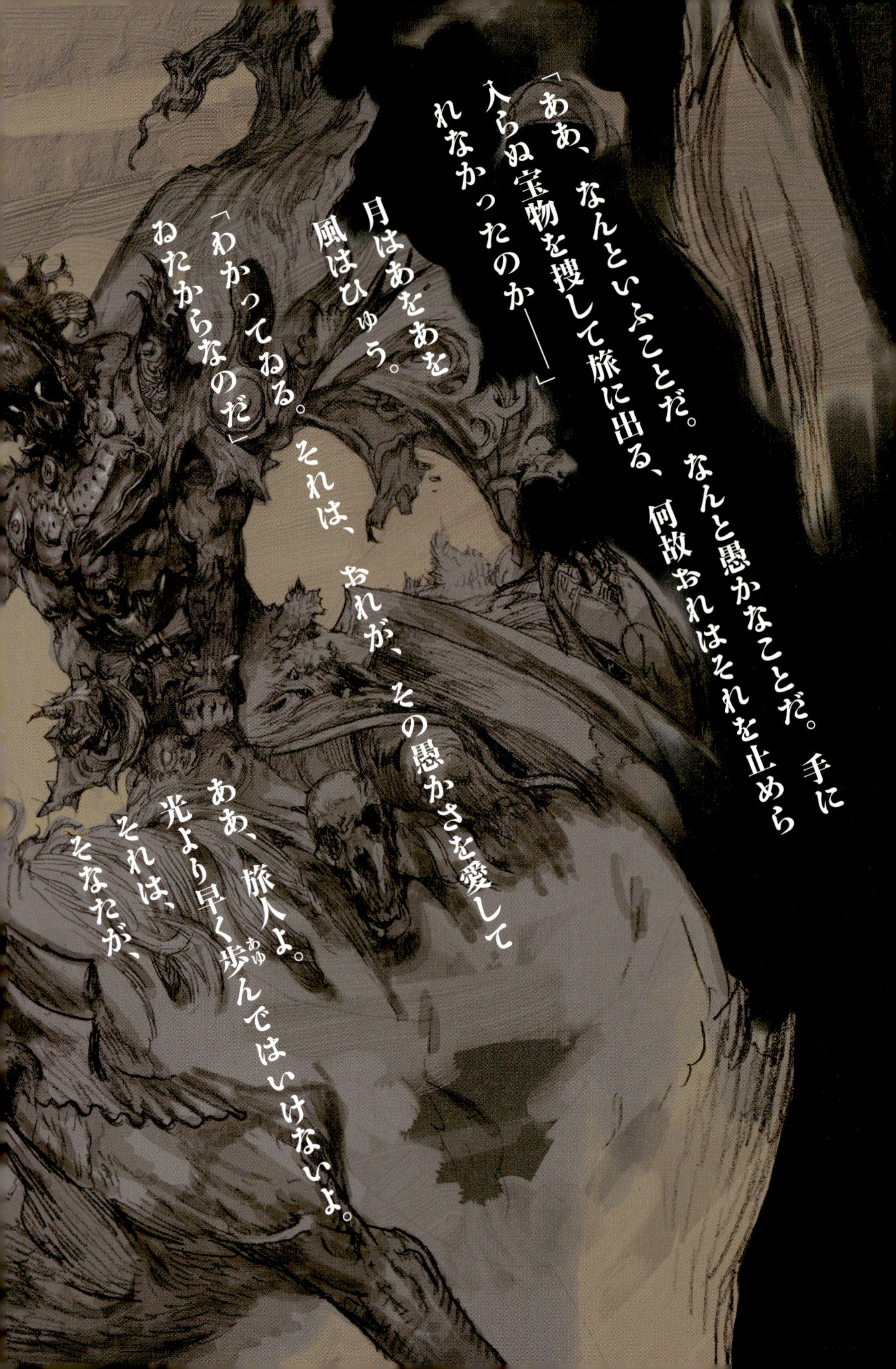

「ああ、なんといふことだ。なんと愚かなことだ。手に
入らぬ宝物を捜して旅に出る、何故おれはそれを止めら
れなかったのか——」

月はあをあを
風はひゅう。

「わかってゐる。それは、おれが、その愚かさを愛して
ゐたからなのだ」

ああ、旅人よ。
光より早く歩んではいけないよ。
それは、
そなたが、

そなたの背を見てしまふからなのだ。
それは、
そなたが、
そなたに追ひついてしまふことだから
なのだ。

そこへ馬に乗りて現れたるは、黒い騎士。
「泣くな幻食坊よ。おまへには最初からわかってゐたはずだ。何故なら
おまへは、夢見小僧自身であったことがあったからだ」
そして、黒い騎士は、兜をとった。
その下から現れたのは幻食坊であった。
さらにその顔は、たちまちにして、夢見小僧に変った。

荒野の砂を跳ねあげながら現れたのは、河の王バラクーニョであった。

「あの時、わたしは言った。黄金の魚が食するのは、おまえの中に棲むおまえ自身であると——」

谷の妖母が、自分の目玉を指にはさんで現れた。

「よう歩いたのう、夢見小僧よ」

天から舞い降りてきた山の鳥怪は、夢見小僧を寿いで言った。

「よう倒れた、よう倒れた、夢見小僧よ」

次に、天から光輝きながら降りてきたのは、
聖なる山の天上に棲む獣であった。
「夢見小僧よ、おまへは、おまへを見事にまっ
たうした。あの時、わたしは、おまへに伝えて
おる。夢見小僧よ、おまへもまたあの神々をかつ
たち造るところの本質である螺旋であると。
まり螺旋とは、永遠に輪廻(めぐ)る運命(さだめ)を持つ神なの
であると——」

「夢見小僧よ、おまへの見る夢こそが、我らの糧である」

「宇宙は、おまへのその夢見る螺旋力によって動くのである」

「時は、おまへのその夢見る螺旋力によって循環するのである」

「ああ、この宇宙に存する全ての夢見小僧よ、起つがよい」

「ああ、この宇宙に在する全ての夢見小僧よ、歩くがよい」

「唄へ」

「舞へ」

「歩め」

「夢見小僧よ」

「夢見小僧よ」

「夢見小僧よ」

さうして、夢見小僧はまた立ちあがり、歩き出したのである。

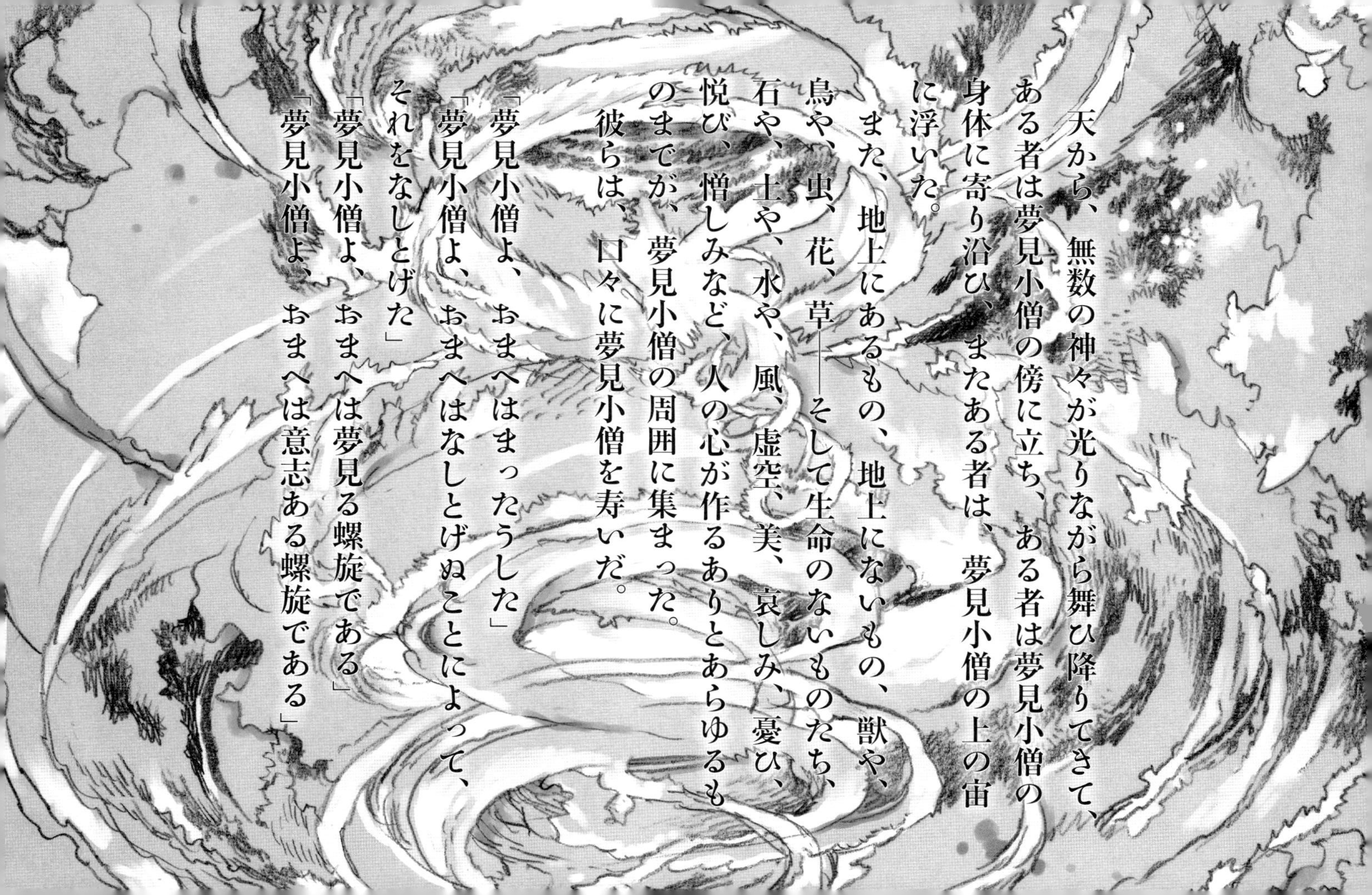

天から、無数の神々が光りながら舞ひ降りてきて、ある者は夢見小僧の傍に立ち、ある者は夢見小僧の身体に寄り沿ひ、またある者は、夢見小僧の上の宙に浮いた。

また、地上にあるもの、地上にないもの、獣や、鳥や、虫、花、草——そして生命のないものたち、石や、土や、水や、風、虚空、美、哀しみ、憂ひ、悦び、憎しみなど、人の心が作るありとあらゆるものまでが、夢見小僧の周囲に集まった。

彼らは、口々に夢見小僧を寿いだ。

「夢見小僧よ、おまへはまったうした」

「夢見小僧よ、おまへはなしとげぬことによって、それをなしとげた」

「夢見小僧よ、おまへは夢見る螺旋である」

「夢見小僧よ、おまへは意志ある螺旋である」

十五夜

神々は舞ひながら破壊し、
唄ひながら創造する。

夢見小僧は立ちあがる。
幾億
幾千億回の
旅立ちのため。

ゆく先知れずの
航海は
果てなき空の
いや果ての
心は踊る
無限海。

心はきらきら
眸（め）はあをあを。

遠く眺むる水平線。
流るる雲は行方を知らず。
想ひは白き鳥のやう。

流るる雲は
行方を知らず。
想ひは白き鳥のやう。

想ひは白き鳥のやう。

完

ベネズエラの夜

寺田克也

ベネズエラの黒い夜であります。

我々おとなの遠足隊は、テーブルマウンテンの中でも有名なロライマ山を征服するべくやってきました。

といってもヘリコプターで頂上までひとっ飛びな、まさにおとなの登山というか、もうメンバーは若くないのでスパルタンな旅行はお断りなのです。

ただただ、あの四億年前に隆起した平らな頂上からの眺望を味わう為だけに地球の裏側にやってきたのです。

まずは気勢を上げる為の冷たいビールを夢枕獏隊長の音頭でぐびぐびなわけです。

南米の濃密な夜に琥珀色の液体がことのほか滲みるなあ、と一息ついた時

「てらちゃんてらちゃん」

と隊長の呼ぶ声あり、なんすかと振り向くオレに差し出されたのはハードカバーのまっしろな本。

それは束見本(つかみほん)といいまして、本を作る前の見本のようなモノです。

中は未来に満ちたまっしろなページがぎっちりです。

「これに一晩一話の文章を書き連ねるので、おまえはそこに絵をつけるのだ」

とほろ酔いの隊長がまっしろな本を押し付けてきます。

思わず受け取り開いてみると、そこにばとぐろを巻く様な夢枕獏の文字で「十五夜物語」と書いてある。

万年筆のインキの香りと共に、生まれたての第一章がどどどどと溢れていたのです。

「私は誰の挑戦でも受ける」と、かのアントニオ猪木の言葉がぐわんぐわんとコダマして、いいでしょう。お受けしましょう！と言ったかどうかは定かじゃないですがオレはその生まれたての本を胸にかき抱いて部屋に飛び込み、持っていたロットリングのカリグラフィーペンで、ぐりごりがりと夢見小僧と幻食坊を描き始めたのです。

旅の間に獏さんの文章は十五章まで書きあがりましたが（他の仕事も大量にこなしつつ！）、こちらは3分の1も描きあがっていません。

よし、これは日本に戻ったらちゃんと完結させようぜえ！と夢枕隊長が早川書房を説得してSFマガジンで連載させてもらうことになりまして、今回このようなカタチにまとまった次第。

あの時始まったベネズエラの旅は、旅の仲間に編集の阿部さん、装丁の芥さんを加えて遂にここに終わりを迎えたのであります。

ギアナ高地物語　夢枕 獏

寺田克也という絵を生み出す極上の楽器を、言葉で刺激してみたいと、以前から思っていたのである。

二〇〇九年の二月、我々は何人かの友人たちと、ベネズエラのギアナ高地、テーブルマウンテンまで出かけた。
メンバーは、落語家やカメラマン、女優も参加したおもしろい旅であった。
ギアナ高地と言えば、コナン・ドイル『失われた世界』のモデルとなった土地であり、世界の秘境である。

この時、家から持っていったのが、以前に出した写真集の束見本（つかみほん）である。表紙も中身も真っ白で、何も印刷されていない本だ。
旅の間、これで、寺田克也と交換日記の如きものをやろうと思ったのだ。ぼくが手書きで文章を入れる。次の日に、寺田克也がこれに絵を描き込む。ひと晩でぼくがまた文章を書くと、またひと晩で寺田克也が絵を描く。世界にひとつしかない手作りの本を作ろうとしたのである。

タイトルは、始めに『十五夜物語』と

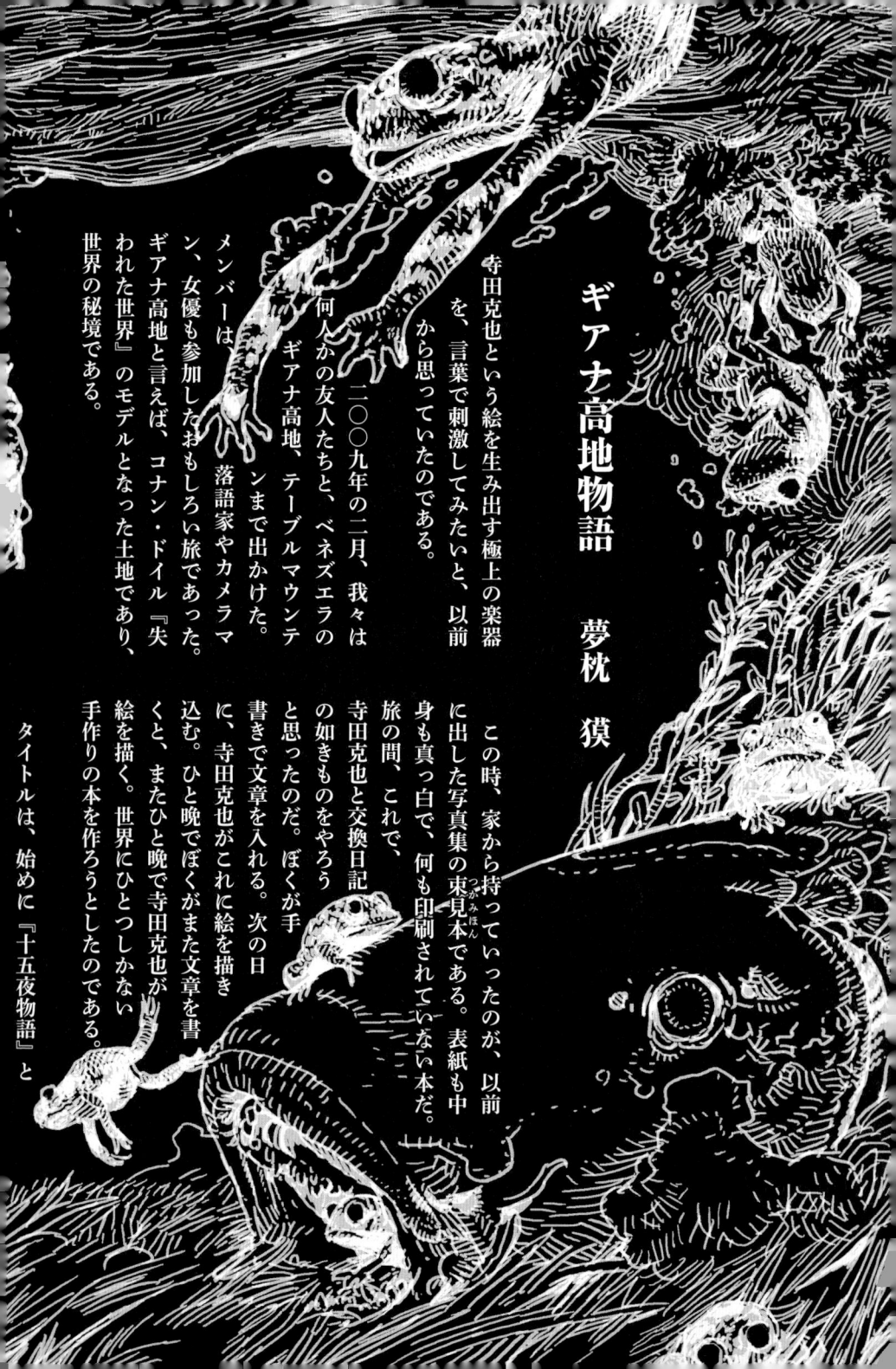

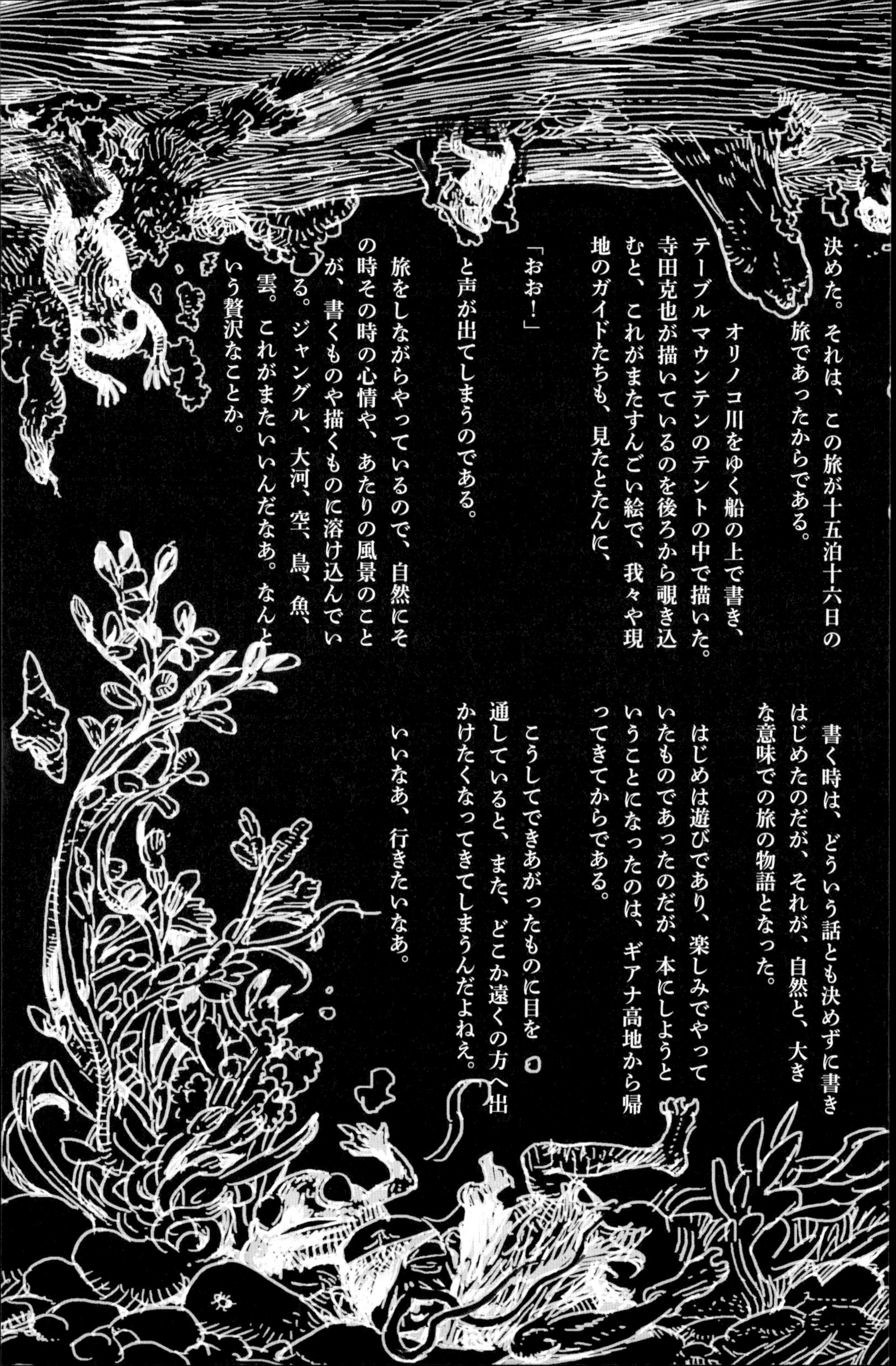

決めた。それは、この旅が十五泊十六日の旅であったからである。

オリノコ川をゆく船の上で書き、テーブルマウンテンのテントの中で描いた。寺田克也が描いているのを後ろから覗き込むと、これがまたすんごい絵で、我々や現地のガイドたちも、見たとたんに、

「おお！」

と声が出てしまうのである。

旅をしながらやっているので、自然にその時その時の心情や、あたりの風景のことが、書くものや描くものに溶け込んでいる。ジャングル、大河、空、鳥、魚、雲。これがまたいいんだなあ。なんという贅沢なことか。

書く時は、どういう話とも決めずに書きはじめたのだが、それが、自然と、大きな意味での旅の物語となった。

はじめは遊びであり、楽しみでやっていたものであったのだが、本にしようということになったのは、ギアナ高地から帰ってきてからである。

こうしてできあがったものに目を通していると、また、どこか遠くの方へ出かけたくなってきてしまうんだよねえ。

いいなあ、行きたいなあ。

十五夜物語（じゅうごやものがたり）

二〇一二年八月一〇日　初版印刷
二〇一二年八月一五日　初版発行

著者　夢枕（ゆめまくら）　獏（ばく）
寺田克也（てらだかつや）

装丁　芥　陽子
発行者　早川　浩
印刷所　精文堂印刷株式会社
製本所　大口製本印刷株式会社
発行所　株式会社　早川書房
郵便番号　一〇一―〇〇四六　東京都千代田区神田多町二―二
電話　〇三―三二五二―三一一一（大代表）　振替　〇〇一六〇―三―四七七九九
http://www.hayakawa-online.co.jp　ISBN978-4-15-209314-1 C0093
定価はカバーに表示してあります

初出
S-Fマガジン二〇一一年一月号～
二〇一二年三月号（全一五回）